朗読ＣＤ付き
名作文学シリーズ

朗読の時間

太宰治

朗読　市原悦子

東京書籍

朗読CD付き名作文学シリーズ
朗読の時間　太宰治　目次

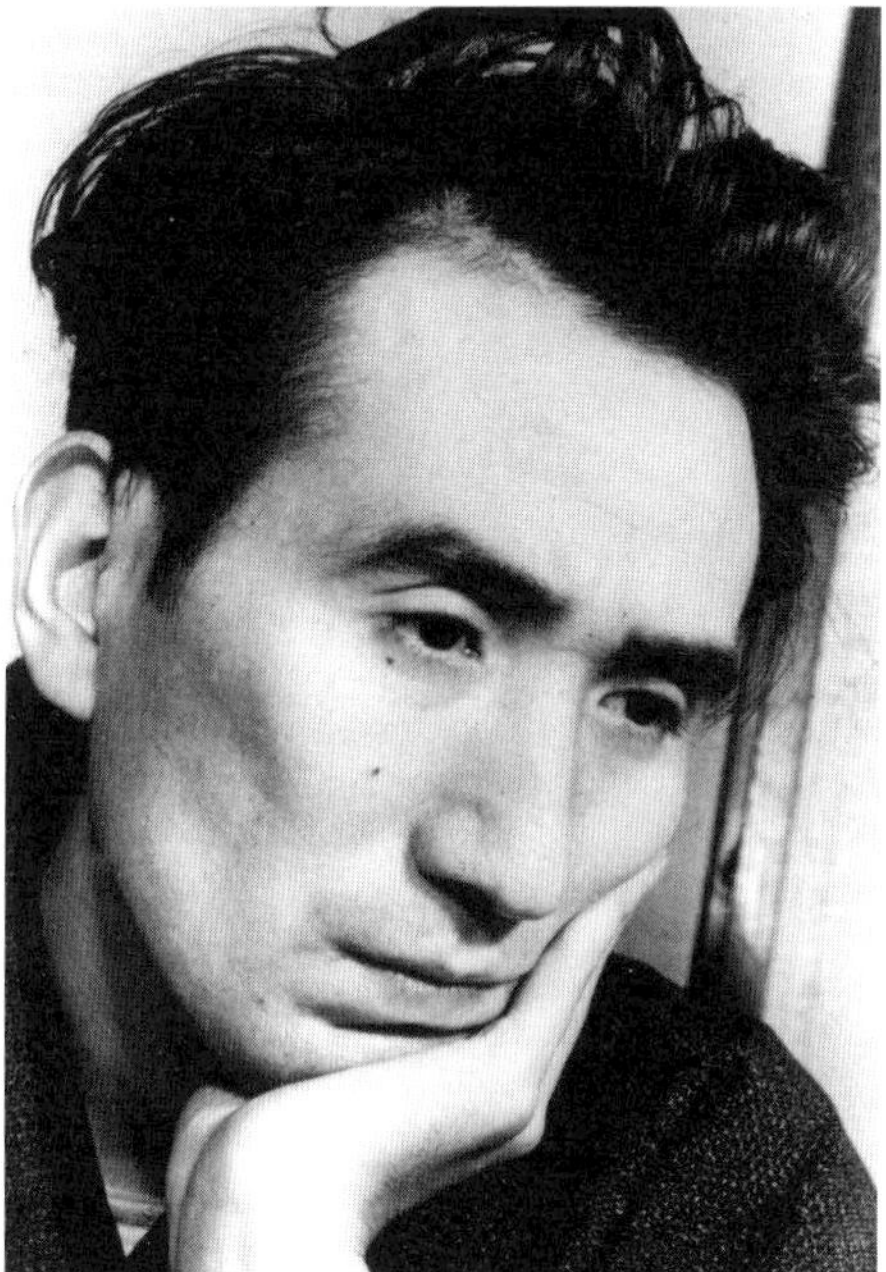

撮影　田村茂

ブックデザイン　櫻井浩＋三瓶可南子（⑥Design）

朗読ＣＤ付き名作文学シリーズ

朗読の時間　太宰治

朗読　市原悦子

走れメロス

メロスは激怒した。必ず、かの邪智暴虐《じゃちぼうぎゃく》の王を除かなければならぬと決意した。メロスには政治がわからぬ。メロスは、村の牧人である。笛を吹き、羊と遊んで暮して来た。けれども邪悪に対しては、人一倍に敏感であった。きょう未明メロスは村を出発し、野を越え山越え、十里はなれた此《こ》のシラクスの市にやって来た。メロスには父も、母も無い。女房も無い。十六の、内気な妹と二人暮しだ。この妹は、村の或《あ》る律気《りちぎ》な一牧人を、近々、花婿《はなむこ》として迎える事になっていた。結婚式も間近かなのである。メロスは、それゆえ、花嫁の衣裳やら祝宴の御馳走やらを買いに、はるばる市にやって来たのだ。先《ま》ず、その品々を買い集め、それから都の大路をぶらぶら歩いた。メロスには竹馬の友があった。セリヌンティウスである。今は此のシラクスの市で、石工をしている。その友を、これから訪ねてみるつもりなのだ。久しく逢わなかったのだから、訪ねて行くのが楽しみである。歩いているうちにメロスは、まちの様子を怪しく思った。ひっそりしている。もう既《すで》に日も落ちて、まちの暗いのは当りまえだが、けれども、なんだか、夜のせいばかりでは無く、市全体が、やけに寂しい。のんきなメロスも、だんだん不安になって来た。路で逢った若い衆をつかまえて、何かあったのか、二年まえに此の市に来たときは、夜でも皆が歌をうたって、まちは賑やかであった筈《はず》だが、と質問した。若い衆は、首を振って答えなかった。しばらく歩いて老爺《ろうや》に逢い、こんどはもっと、語勢を強くして質問した。老爺は答えなかった。メロスは両手で老爺のからだをゆすぶって質問を重ねた。老爺は、あたりをはばかる低声で、わずか答えた。

「王様は、人を殺します」

「なぜ殺すのだ」

「悪心を抱いている、というのですが、誰もそんな、悪心を持っては居りませぬ」

「たくさんの人を殺したのか」

「はい、はじめは王様の妹婿さまを。それから、御自身のお世嗣《よつぎ》を。それから、妹さまを。それから、妹さまの御子さまを。それから、皇后さまを。それから、賢臣のアレキス様を」

「おどろいた。国王は乱心か」

「いいえ、乱心ではございませぬ。人を、信ずる事が出来ぬ、というのです。このごろは、臣下の心をも、お疑いになり、少しく派手な暮しをしている者には、人質ひとりずつ差し出すことを命じて居ります。御命令を拒めば十字架にかけられて、殺されます。きょうは、六人殺されました」

聞いて、メロスは激怒した。「呆《あき》れた王だ。生かして置けぬ」

メロスは、単純な男であった。買い物を、背負ったままで、のそのそ王城にはいって行った。たちまち彼は、巡邏《じゅんら》の警吏に捕縛された。調べられて、メロスの懐中からは短剣が出て来たので、騒ぎが大きくなってしまった。メロスは、王の前に引き出された。

「この短刀で何をするつもりであったか。言え！」暴君ディオニスは静かに、けれども威厳を以《もっ》て問いつめた。その王の顔は蒼白《そうはく》で、眉間《みけん》の皺《しわ》は、刻み込まれたように深かった。

「市を暴君の手から救うのだ」とメロスは悪びれずに答えた。

「おまえがか？」王は、憫笑《びんしょう》した。「仕方の無いやつじゃ。おまえには、わしの孤独がわからぬ」

「言うな！」とメロスは、いきり立って反駁《はんばく》した。「人の心を疑うのは、最も恥ずべき悪徳だ。王は、民の忠誠をさえ疑って居られる」

「疑うのが、正当の心構えなのだと、わしに教えてくれたのは、おまえたちだ。人の心は、あてにならない。人間は、もともと私欲のかたまりさ。信じては、ならぬ」暴君は落着いて呟《つぶや》き、ほっと溜息《ためいき》をついた。「わしだって、平和を望んでいるのだが」

「なんの為の平和だ。自分の地位を守る為か」こんどはメロスが嘲笑した。「罪の無い人を殺して、何が平和だ」

「だまれ、下賤《げせん》の者」王は、さっと顔を挙げて報いた。「口では、どんな清らかな事でも言える。わしには、人の腹綿《はらわた》の奥底が見え透いてならぬ。おまえだって、いまに、磔《はりつけ》になってから、泣いて詫《わ》びたって聞かぬぞ」

「ああ、王は悧巧《りこう》だ。自惚《うぬぼ》れているがよい。私は、ちゃんと死ぬる覚悟で居るのに。命乞いなど決してしない。ただ、――」と言いかけて、メロスは足もとに視線を落し瞬時ためらい、「ただ、私に情をかけたいつもりなら、処刑までに三日間の日限を与えて下さい。たった一人の妹に、亭主を持たせてやりたいのです。三日のうちに、私は村で結婚式を挙げさせ、必ず、ここへ帰って来ます」

「ばかな」と暴君は、嗄《しわが》れた声で低く笑った。「とんでもない嘘《うそ》を言うわい。逃がした小鳥が帰って来るというのか」

「そうです。帰って来るのです」メロスは必死で言い張った。「私は約束を守ります。私を、三日間だけ許して下さい。妹が、私の帰りを待っているのだ。そんなに私を信じられないならば、よろしい、この市にセリヌンティウスという石工がいます。私の無二の友人だ。あれを、人質としてここに置いて行こう。私が逃げてしまって、三日目の日暮まで、ここに帰って来なかったら、あの友人を絞め殺して下さい。たのむ、そうして下さい」

それを聞いて王は、残虐な気持で、そっと北叟笑《ほくそえ》んだ。生意気なことを言うわい。どうせ帰って来ないにきまっている。この嘘つきに騙《だま》された振りして、放してやるのも面白い。そうして身代りの男を、三日目に殺してやるのも気味がいい。人は、これだから信じられぬと、わしは悲しい顔して、その身代りの男を磔刑《はりつけ》に処してやるのだ。世の中の、正直者とかいう奴輩《やつばら》にうんと見せつけてやりたいものさ。

「願いを、聞いた。その身代りを呼ぶがよい。三日目には日没までに帰って来い。おくれたら、その身代りを、きっと殺すぞ。ちょっとおくれて来るがいい。おまえの罪は、永遠にゆるしてやろうぞ」

「なに、何をおっしゃる」

「はは。いのちが大事だったら、おくれて来い。おまえの心は、わかっているぞ」

メロスは口惜しく、地団駄《じだんだ》踏んだ。ものも言いたくなった。

竹馬の友、セリヌンティウスは、深夜、王城に召された。暴君ディオニスの面前で、佳《よ》き友と佳き友は、二年ぶりで相逢うた。メロスは、友に一切の事情を語った。セリヌンティウスは無言で首肯《うなず》き、メロスをひしと抱きしめた。友と友の間は、それでよかった。セリヌンティウスは、縄打たれた。メロスは、すぐに出発した。初夏、満天の星である。

メロスはその夜、一睡もせず十里の路を急ぎに急いで、村へ到着したのは、翌《あく》る日の午前、陽は既に高く昇って、村人たちは野に出て仕事をはじめていた。メロスの十六の妹も、きょうは兄の代りに羊群《ようぐん》の番をしていた。よろめいて歩いて来る兄の、疲労困憊《こんぱい》の姿を見つけて驚いた。そうして、うるさく兄に質問を浴びせた。

「なんでも無い」メロスは無理に笑おうと努めた。「市に用事を残して来た。またすぐ市に行かなければならぬ。あす、おまえの結婚式を挙げる。早いほうがよかろう」

妹は頬をあからめた。

「うれしいか。綺麗《きれい》な衣裳も買って来た。さあ、これから行って、村の人たちに知らせて来い。結婚式は、あすだと」

メロスは、また、よろよろと歩き出し、家へ帰って神々の祭壇を飾り、祝宴の席を調え、間もなく床に倒れ伏し、呼吸もせぬくらいの深い眠りに落ちてしまった。

眼が覚めたのは夜だった。メロスは起きてすぐ、花婿の家を訪れた。そうして、少し事情があるから、結婚式を明日にしてくれ、と頼んだ。婿の牧人は驚き、それはいけない、こちらには未だ何の支度《したく》も出来ていない、葡萄《ぶどう》の季節まで待ってくれ、と答えた。メロスは、待つことは出来ぬ、どうか明日にしてくれ給え、と更に押してたのんだ。婿の牧人も頑強であった。なかなか承諾してくれない。夜明けまで議論をつづけて、やっと、どうにか婿をなだめ、すかして、説き伏せた。結婚式は、真昼に行われた。新郎新婦の、神々への宣誓が済んだころ、黒雲が空を覆い、ぽつりぽつり雨が降り出し、やがて車軸を流すような大雨となった。祝宴に列席していた村人たちは、何か不吉なものを感じたが、それでも、めいめい気持を引きたて、狭い家の中で、むんむん蒸し暑いのも怺《こら》え、陽気に歌をうたい、手を拍《う》った。メロスも、満面に喜色を湛《たた》え、しばらくは、王とのあの約束をさえ忘れていた。祝宴は、夜に入っていよいよ乱れ華やかになり、人々は、外の豪雨を全く気にしなくなった。メロスは、一生このままここにいたい、と思った。この佳《よ》い人たちと生涯暮して行きたいと願ったが、いまは、自分のからだで、自分のものでは無い。ままならぬ事である。

メロスは、わが身に鞭打《むち》ち、ついに出発を決意した。あすの日没までには、まだ十分の時が在る。ちょっと一眠りして、それからすぐに出発しよう、と考えた。その頃には、雨も小降りになっていよう。少しでも永くこの家に愚図愚図とどまっていたかった。メロスほどの男にも、やはり未練の情というものは在る。今宵呆然《ぼうぜん》、歓喜に酔っているらしい花嫁に近寄り、

「おめでとう。私は疲れてしまったから、ちょっとご免こうむって眠りたい。眼が覚めたら、すぐに市に出かける。大切な用事があるのだ。私がいなくても、もうおまえには優しい亭主があるのだから、決して寂しい事は無い。おまえの兄の、一ばんきらいなものは、人を疑う事と、それから、嘘をつく事だ。おまえも、それは、知っているね。亭主との間に、どんな秘密でも作ってはならぬ。おまえに言いたいのは、それだけだ。おまえの兄は、たぶん偉い男なのだから、おまえもその誇りを持っていろ」

花嫁は、夢見心地で首肯《うなず》いた。メロスは、それから花婿の肩をたたいて、

「支度の無いのはお互いさまさ。私の家にも、宝といっては、妹と羊だけだ。他には、何も無い。全部あげよう。もう一つ、メロスの弟になったことを誇ってくれ」

花婿は揉《も》み手して、てれていた。メロスは笑って村人たちにも会釈《えしやく》して、宴席から立ち去り、羊小屋にもぐり込んで、死んだように深く眠った。

眼が覚めたのは翌《あく》る日の薄明の頃である。メロスは跳ね起き、南無三、寝過したか、いや、まだまだ大丈夫、これからすぐに出発すれば、約束の刻限までには十分間に合う。きょうは是非とも、あの王に、人の信実の存するところを見せてやろう。そうして笑って磔《はりつけ》の台に上ってやる。メロスは、悠々と身支度《みじたく》をはじめた。雨も、いくぶん小降りになっている様子である。身支度は出来た。さて、メロスは、ぶるんと両腕を大きく振って、雨中、矢の如く走り出た。

私は、今宵、殺される。殺される為に走るのだ。身代りの友を救う為に走るのだ。王の奸佞邪智《かんねい》を打ち破る為に走るのだ。走らなければならぬ。そうして、私は殺される。若い時から名誉を守れ。さらば、ふるさと。若いメロスは、つらかった。幾度か、立ちどまりそうになった。えい、えいと大声挙げて自身を叱りながら走った。村を出て、野を横切り、森をくぐり抜け、隣村に着いた頃には、雨も止《や》み、日は高く昇って、そろそろ暑くなって来た。メロスは額《ひたい》の汗をこぶしで払い、ここまで来れば大丈夫、もはや故郷への未練は無い。妹たちは、きっと佳い夫婦になるだろう。私には、いま、なんの気がかりも無い筈だ。まっすぐに王城に行き着けば、それでよいのだ。そんなに急ぐ必要も無い。ゆっくり歩こう、と持ちまえの呑気《のんき》さを取り返し、好きな小歌をいい声で歌い出した。ぶらぶら歩いて二里行き三里行き、そろそろ全里程の半ばに到達した頃、降って湧《わ》いた災難、メロスの足は、はたと、とまった。見よ、前方の川を。きのうの豪雨で山の水源地は氾濫《はんらん》し、濁流滔々《とうとう》と下流に集り、猛勢一挙に橋を破壊し、どうどうと響きをあげる激流が、木端微塵《こっぱみじん》に橋桁《はしげた》を跳ね飛ばしていた。彼は茫然と、立ちすくんだ。あちこちと眺めまわし、また、声を限りに呼びたててみたが、繋舟《けいしゅう》は残らず浪に浚《さら》われて影なく、渡守りの姿も見えない。流れはいよいよ、ふくれ上り、海のようになっている。メロスは川岸にうずくまり、男泣きに泣きながらゼウスに手を挙げて哀願した。「ああ、鎮《しず》めたまえ、荒れ狂う流れを！　時は刻々に過ぎて行きます。太陽も既に真昼時です。あれが沈んでしまわぬうちに、王城に行き着くことが出来なかったら、あの佳い友達が、私のために死ぬのです」

濁流は、メロスの叫びをせせら笑う如く、ますます激しく躍り狂う。浪は浪を呑み、捲《ま》き、煽《あお》り立て、そうして時は、刻一刻と消えて行く。今はメロスも覚悟した。泳ぎ切るより他に無い。ああ、神々も照覧あれ！　濁流にも負けぬ愛と誠の偉大な力を、いまこそ発揮して見せる。メロスは、ざんぶと流れに飛び込み、百匹の大蛇のようにのた打ち荒れ狂う浪を相手に、必死の闘争を開始した。満身の力を腕にこめて、押し寄せ渦巻き引きずる流れを、なんのこれしきと掻《か》きわけ掻きわけ、めくらめっぽう獅子奮迅の人の子の姿には、神も哀れと思ったか、ついに憐愍《れんびん》を垂れてくれた。押し流されつつも、見事、対岸の樹木の幹に、すがりつく事が出来たのである。ありがたい。メロスは馬のように大きな胴震いを一つして、すぐにまた先きを急いだ。一刻といえども、むだには出来ない。陽は既に西に傾きかけている。ぜいぜい荒い呼吸をしながら峠をのぼり、のぼり切って、ほっとした時、突然、目の前に一隊の山賊が躍り出た。

「待て」

「何をするのだ。私は陽の沈まぬうちに王城へ行かなければならぬ。放せ」

「どっこい放さぬ。持ちもの全部を置いて行け」

「私にはいのちの他には何も無い。その、たった一つの命も、これから王にくれてやるのだ」

「その、いのちが欲しいのだ」

「さては、王の命令で、ここで私を待ち伏せしていたのだな」

山賊たちは、ものも言わず一斉に棍棒《こんぼう》を振り挙げた。メロスはひょいと、からだを折り曲げ、飛鳥の如く身近かの一人に襲いかかり、その棍棒を奪い取って、

「気の毒だが正義のためだ！」と猛然一撃、たちまち、三人を殴り倒し、残る者のひるむ隙《すき》に、さっさと走って峠を下った。一気に峠を駈け降りたが、流石《さすが》に疲労し、折から午後の灼熱《しゃくねつ》の太陽がまともに、かっと照って来て、メロスは幾度となく眩暈《めまい》を感じ、これではならぬ、と気を取り直しては、よろよろ二、三歩あるいて、ついに、がくりと膝を折った。立ち上る事が出来ぬのだ。天を

仰いで、くやし泣きに泣き出した。ああ、あ、濁流を泳ぎ切り、山賊を三人も撃ち倒し韋駄天《いだてん》、ここまで突破して来たメロスよ。真の勇者、メロスよ。今、ここで、疲れ切って動けなくなるとは情無い。愛する友は、おまえを信じたばかりに、やがて殺されなければならぬ。おまえは、稀代《きたい》の不信の人間、まさしく王の思う壺《つぼ》だぞ、と自分を叱ってみるのだが、全身萎《な》えて、もはや芋虫ほどにも前進かなわぬ。路傍の草原にごろりと寝ころがった。身体疲労すれば、精神も共にやられる。もう、どうでもいいという、勇者に不似合いな不貞腐《ふてくさ》れた根性が、心の隅に巣喰った。私は、これほど努力したのだ。約束を破る心は、みじんも無かった。神も照覧、私は精一ぱいに努めて来たのだ。動けなくなるまで走って来たのだ。私は不信の徒では無い。ああ、できる事なら私の胸を截《た》ち割って、真紅の心臓をお目に掛けたい。愛と信実の血液だけで動いているこの心臓を見せてやりたい。けれども私は、この大事な時に、精も根も尽きたのだ。私は、よくよく不幸な男だ。私は、きっと笑われる。私の一家も笑われる。私は友を欺《あざむ》いた。中途で倒れるのは、はじめから何もしないのと同じ事だ。ああ、もう、どうでもいい。これが、私の定った運命なのかも知れない。セリヌンティウスよ、ゆるしてくれ。君は、いつでも私を信じた。私も君を、欺かなかった。私たちは、本当に佳い友と友であったのだ。いちどだって、暗い疑惑の雲を、お互い胸に宿したことは無かった。いまだって、君は私を無心に待っているだろう。ああ、待っているだろう。ありがとう、セリヌンティウス。よくも私を信じてくれた。それを思えば、たまらない。友と友の間の信実は、この世で一ばん誇るべき宝なのだからな。セリヌンティウス、私は走ったのだ。君を欺くつもりは、みじんも無かった。信じてくれ！　私は急ぎに急いでここまで来たのだ。濁流を突破した。山賊の囲みからも、するりと抜けて一気に峠を駈け降りて来たのだ。私だから、出来たのだよ。ああ、この上、私に望み給うな。放って置いてくれ。どうでも、いいのだ。私は負けたのだ。だらしが無い。笑ってくれ。王は私に、ちょっとおくれて来い、と耳打ちした。おくれたら、身代りを殺して、私を助けてくれると約束した。私は王の卑劣を憎んだ。けれども、今になってみると、私は王の言うままになっている。私は、おくれて行くだろう。王は、ひとり合点して私を笑い、そうして事も無く私を放免するだろう。そうなったら、私は、死ぬよりつらい。私は、永遠に裏切者だ。地上で最も、不名誉の人種だ。セリヌンティウスよ、私も死ぬぞ。君と一緒に死なせてくれ。君だけは私を信じてくれるにちがい無い。いや、それも私の、ひとりよがりか？　ああ、もういっそ、悪徳者として生き伸びてやろうか。村には私の家が在る。羊も居る。妹夫婦は、まさか私を村から追い出すような事はしないだろう。正義だの、信実だの、愛だの、考えてみれば、くだらない。人を殺して自分が生きる。それが人間世界の定法ではなかったか。ああ、何もかも、ばかばかしい。私は、醜い裏切り者だ。どうとも、勝手にするがよい。やんぬる哉《かな》。——四肢を投げ出して、うとうと、まどろんでしまった。

ふと耳に、潺々《せんせん》、水の流れる音が聞えた。そっと頭をもたげ、息を呑んで耳をすました。すぐ足もとで、水が流れているらしい。よろよろ起き上って、見ると、岩の裂目から滾々《こんこん》と、何か小さく囁《ささや》きながら清水が湧き出ているのである。その泉に吸い込まれるようにメロスは身をかがめた。水を両手で掬《すく》って、一くち飲んだ。ほうと長い溜息が出て、夢から覚めたような気がした。歩ける。行こう。肉体の疲労恢復《かいふく》と共に、わずかながら希望が生れた。義務遂行の希望である。わが身を殺して、名誉を守る希望である。斜陽は赤い光を、樹々の葉に投じ、葉も枝も燃えるばかりに輝いている。日没までには、まだ間がある。私を、待っている人があるのだ。少しも疑わず、静かに期待してくれている人があるのだ。私は、信じられている。私の命なぞは、問題ではない。死んでお詫び、などと気のいい事は言って居られぬ。私は、信頼に報いなければならぬ。いまはただその一事だ。走れ！　メロス。

私は信頼されている。私は信頼されている。先刻の、あの悪魔の囁きは、あれは夢だ。悪い夢だ。忘れてしまえ。五臓が疲れているときは、ふいとあんな悪い夢を見るものだ。メロス、おまえの恥ではない。やはり、おまえは真の勇者だ。再び立って走れるようになったではないか。ありがたい！　私は、正義の士として死ぬ事が出来るぞ。ああ、陽が沈む。ずんずん沈む。待ってくれ、ゼウスよ。私は生れた時から正直な男であった。正直な男のままにして死なせて下さい。

路行く人を押しのけ、跳《は》ねとばし、メロスは黒い風のように走った。野原で酒宴の、その宴席のまっただ中を駈け抜け、酒宴の人たちを仰天させ、犬を蹴《け》とばし、小川を飛び越え、少しずつ沈んでゆく太陽の、十倍も早く走った。一団の旅人と颯《さ》っとすれちがった瞬間、不吉な会話を小耳にはさんだ。「いまごろは、あの男も、磔《はりつけ》にかかっているよ」ああ、その男、その男のために私は、いまこんなに走っているのだ。その男を死なせてはならない。急げ、メロス。おくれてはならぬ。愛と誠の力を、いまこそ知らせてやるがよい。風態なんかは、どうでもいい。メロスは、いまは、ほとんど全裸体であった。呼吸も出来ず、二度、三度、口から血が噴き出た。見える。はるか向うに小さく、シラクスの市の塔楼が見える。塔楼は、夕陽を受けてきらきら光っている。

「ああ、メロス様」うめくような声が、風と共に聞えた。

「誰だ」メロスは走りながら尋ねた。

「フィロストラトスでございます。貴方のお友達セリヌンティウス様の弟子でございます」その若い石工も、メロスの後について走りながら叫んだ。「もう、駄目でございます。むだでございます。走るのは、やめて下さい。もう、あの方《かた》をお助けになることは出来ません」

「いや、まだ陽は沈まぬ」

「ちょうど今、あの方が死刑になるところです。ああ、あなたは遅かった。おうらみ申します。ほんの少し、もうちょっとでも早かったなら！」

「いや、まだ陽は沈まぬ」メロスは胸の張り裂ける思いで、赤く大きい夕陽ばかりを見つめていた。走るより他は無い。

「やめて下さい。走るのは、やめて下さい。いまはご自分のお命が大事です。あの方は、あなたを信じて居りました。刑場に引き出されても、平気でいました。王様が、さんざんあの方をからかっても、メロスは来ます、とだけ答え、強い信念を持ちつづけている様子でございました」

「それだから、走るのだ。信じられているから走るのだ。間に合う、間に合わぬは問題でないのだ。人の命も問題でないのだ。私は、なんだか、もっと恐ろしく大きいものの為に走っているのだ。ついて来い！　フィロストラトス」

「ああ、あなたは気が狂ったか。それでは、うんと走るがいい。ひょっとしたら、間に合わぬものでもない。走るがいい」

言うにや及ぶ。まだ陽は沈まぬ。最後の死力を尽して、メロスは走った。メロスの頭は、からっぽだ。何一つ考えていない。ただ、わけのわからぬ大きな力に引きずられて走った。陽は、ゆらゆら地平線に没し、まさに最後の一片の残光も、消えようとした時、メロスは疾風の如く刑場に突入した。間に合った。

「待て、その人を殺してはならぬ。メロスが帰って来た。約束のとおり、いま、帰って来た」と大声で刑場の群衆にむかって叫んだつもりであったが、喉《のど》がつぶれて嗄《しわが》れた声が幽《かす》かに出たばかり、群衆は、ひとりとして彼の到着に気がつかない。すでに磔の柱が高々と立てられ、縄を打たれたセリヌンティウスは、徐々に釣り上げられてゆく。メロスはそれを目撃して最後の勇、先刻、濁流を

泳いだように群衆を掻きわけ、掻きわけ、

「私だ、刑吏！　殺されるのは、私だ。メロスだ。彼を人質にした私は、ここにいる！」と、かすれた声で精一ぱいに叫びながら、ついに磔台に昇り、釣り上げられてゆく友の両足に、齧《かじ》りついた。群衆は、どよめいた。あっぱれ。ゆるせ、と口々にわめいた。セリヌンティウスの縄は、ほどかれたのである。

「セリヌンティウス」メロスは眼に涙を浮べて言った。「私を殴れ。ちから一ぱいに頬を殴れ。私は、途中で一度、悪い夢を見た。君が若《も》し私を殴ってくれなかったら、私は君と抱擁する資格さえ無いのだ。殴れ」

セリヌンティウスは、すべてを察した様子で首肯《うなず》き、刑場一ぱいに鳴り響くほど音高くメロスの右頬を殴った。殴ってから優しく微笑《ほほえ》み、

「メロス、私を殴れ。同じくらい音高く私の頬を殴れ。私はこの三日の間、たった一度だけ、ちらと君を疑った。生れて、はじめて君を疑った。君が私を殴

ってくれなければ、私は君と抱擁できない」

メロスは腕に唸《うな》りをつけてセリヌンティウスの頬を殴った。

「ありがとう、友よ」二人同時に言い、ひしと抱き合い、それから嬉し泣きにおいおい声を放って泣いた。

群衆の中からも、歔欷《きよき》の声が聞えた。暴君ディオニスは、群衆の背後から二人の様を、まじまじと見つめていたが、やがて静かに二人に近づき、顔をあからめて、こう言った。

「おまえらの望みは叶《かな》ったぞ。おまえらは、わしの心に勝ったのだ。信実とは、決して空虚な妄想ではなかった。どうか、わしをも仲間に入れてくれまいか。どうか、わしの願いを聞き入れて、おまえらの仲間の一人にしてほしい」

どっと群衆の間に、歓声が起った。

「万歳、王様万歳」

ひとりの少女が、緋《ひ》のマントをメロスに捧げた。メロスは、まごついた。佳き友は、気をきかせて教えてやった。

「メロス、君は、まっぱだかじゃないか。早くそのマントを着るがいい。この可愛い娘さんは、メロスの裸体を、皆に見られるのが、たまらなく口惜しいのだ」

勇者は、ひどく赤面した。

（古伝説と、シルレルの詩から）

待つ

省線のその小さい駅に、私は毎日、人をお迎えにまいります。誰とも、わからぬ人を迎えに。

市場で買い物をして、その帰りには、かならず駅に立ち寄って駅の冷たいベンチに腰をおろし、買い物籠《かご》を膝《ひざ》に乗せ、ぼんやり改札口を見ているのです。上り下りの電車がホームに到着する毎に、たくさんの人が電車の戸口から吐き出され、どやどや改札口にやって来て、一様に怒っているような顔をして、パスを出したり、切符を手渡したり、それから、そそくさと脇目も振らず歩いて、私の坐っているベンチの前を通り駅前の広場に出て、そうして思い思いの方向に散って行く。私は、ぼんやり坐っています。誰か、ひとり、笑って私に声を掛ける。おお、こわい。ああ、困る。胸が、どきどきする。考えただけでも、背中に冷水をかけられたように、ぞっとして、息がつまる。けれども私は、やっぱり誰かを待っているのです。いったい私は、毎日ここに坐って、誰を待っているのでしょう。どんな人を？　いいえ、私の待っているものは、人間でないかも知れない。私は、人間をきらいです。いいえ、こわいのです。人と顔を合せて、お変りありませんか、寒くなりました、などと言いたくもない挨拶《あいさつ》を、いい加減に言っていると、なんだか、自分ほどの嘘《うそ》つきが世界中にいないような苦しい気持になって、死にたくなります。そうしてまた、相手の人も、むやみに私を警戒して、当らずさわらずのお世辞やら、もったいぶった嘘の感想などを述べて、私はそれを聞いて、相手の人のけちな用心深さが悲しく、いよいよ世の中がいやでいやでたまらなくなります。世の中の人というものは、お互い、こわばった挨拶をして、用心して、そうしてお互いに疲れて、一生を送るものなのでしょうか。私は、人に逢うのが、いやなのです。だから私は、よほどの事でもない限り、私のほうからお友達の所へ遊びに行く事などは致しませんでした。家にいて、母と二人きりで黙って縫物をしていると、一ばん楽《らく》な気持でした。けれども、いよいよ大戦争がはじまって、周囲がひどく緊張してまいりましてからは、私だけが家で毎日ぼんやりしているのが大変わるい事のような気がして来て、何だか不安で、ちっとも落ちつかなくなりました。身を粉《こ》にして働いて、直接に、お役に立ちたい気持なのです。私は、私の今までの生活に、自信を失ってしまったのです。

家に黙って坐って居られない思いで、けれども、外に出てみたところで、私には行くところが、どこにもありません。買い物をして、その帰りには、駅に立ち寄って、ぼんやり駅の冷たいベンチに腰かけているのです。どなたか、ひょいと現れたら！　という期待と、ああ、現われたら困る、どうしようという恐怖と、でも現われた時には仕方が無い、その人に私のいのちを差し上げよう、私の運がその時きまってしまうのだというような、あきらめに似た覚悟と、その他さまざまのけしからぬ空想などが、異様にからみ合って、胸が一ぱいになり窒息する程くるしくなります。生きているのか、死んでいるのか、わからぬような、白昼の夢を見ているような、なんだか頼りない気持になって、眼前の、人の往来の有様も、望遠鏡を逆に覗《のぞ》いたみたいに、小さく遠く思われて、世界がシンとなってしまうのです。ああ、私は一体、何を待っているのでしょう。ひょっとしたら、私は大変みだらな女なのかも知れない。大戦争がはじまって、何だか不安で、身を粉にして働いて、お役に立ちたいというのは嘘で、本当は、そんな立派そうな口実を設けて、自身の軽はずみな空想を実現しようと、何かしら、よい機会をねらっているのかも知れない。ここに、こうして坐って、ぼんやりした顔をしているけれども、胸の中では、不埒《ふらち》な計画がちろちろ燃えているような気もする。

一体、私は、誰を待っているのだろう。はっきりした形のものは何も無い。ただ、もやもやしている。けれども、私は待っている。大戦争がはじまってからは、毎日、毎日、お買い物の帰りには駅に立ち寄り、この冷たいベンチに腰をかけて、待っている。誰か、ひとり、笑って私に声を掛ける。おお、こわい。ああ、困る。私の待っているのは、あなたでない。それでは一体、私は誰を待っているのだろう。旦那さま。ちがう。恋人。ちがいます。お友達。いやだ。お金。まさか。亡霊。おお、いやだ。

もっとなごやかな、ぱっと明るい、素晴らしいもの。なんだか、わからない。たとえば、春のようなもの。いや、ちがう。青葉。五月。麦畑を流れる清水。やっぱり、ちがう。ああ、けれども私は待っているのです。胸を躍らせて待っているのだ。眼の前を、ぞろぞろ人が通って行く。あれでもない、これでもない。私は買い物籠《かご》をかかえて、こまかく震えながら一心に一心に待っているのだ。私を忘れないで下さいませ。毎日、毎日、駅へお迎えに行っては、むなしく家に帰ってくる二十《はたち》の娘を笑わずに、どうか覚えて置いて下さいませ。その小さい駅の名は、わざとお教え申しません。お教えせずとも、あなたは、いつか私を見掛ける。

出典『太宰治全集』（ちくま文庫版）

難読と思われる漢字には適宜ルビをつけました。なお作品中に、今日の観点からみると差別的表現ととられかねない箇所がありますが、著者自身に差別的意図はなく、また作品のもつ文学性を鑑み、また著者がすでに故人であることから、原文通りといたしました。

朗読者と作品について

朗読……………市原悦子（いちはらえつこ）

千葉県生まれ。俳優座出身。

《主な出演作品》

TV　アニメーション「まんが日本昔ばなし」

シリーズ作品「家政婦は見た！」「弁護士高見沢響子」「秀吉」「いじわるばあさん」他

芸術祭優秀賞　テレビ東京スペシャル「黄落」他

映画「雪国」「金閣寺」「女売り出します」「八つ墓村」「西遊記」「人間の砂漠」「黒い雨」「うなぎ」「蕨野行」他

舞台「千鳥」「セチュアンの善人」「ハムレット」「三文オペラ」「アンドロマック」「トロイアの女」「津軽三味線ながれぶし」「奇跡の人」「近松心中物語」「未亡人」「きぬという道連れ」「雪やこんこん」「その男ゾルバ」「芽キャベツがほしい」「あらしのよるに」「ゆらゆら」他

一九五八年新劇新人推賞「びわ法師」、一九五九年芸術祭奨励賞「千鳥」、一九六二年新劇演技賞「三文オペラ」、一九六四年ゴールデンアロー賞「ハムレット」、一九七五年紀伊國屋個人演技賞「トロイアの女」、一九八六年都民文化栄誉賞／一九九〇年日本アカデミー最優秀助演女優賞「黒い雨」、一九九八年日本アカデミー助演女優賞「うなぎ」、一九九九年読売演劇大賞優秀女優賞「ディア・ライアー」、二〇〇三年山路ゆみ子映画賞女優賞「蕨野行」、二〇〇九年読売演劇大賞優秀女優賞「ゆらゆら」

解説　走れメロスと!

山口ミルコ

メロスは激怒した
に始まり、
メロスは赤面した
で終わる、三日間の物語。
そうきいただけでも、わくわくする――
日本を代表する作家の、もっとも親しまれ続けている名作中の名作。
きわめて簡潔な文章、信念を貫く主人公の、実直で正義感あふれる人物像、限定された時間によって、全編にわたって継続される緊張感、ドラマティックな展開が、読者の心を摑《つか》んで離さないが、ここに朗読の楽しみを加えられたのが、本書である。「聴きながら読む」ことによって、物語のもつ緊張感はいっそう増して、私たちもメロスと併走することになるのである。

メロスと走る。ぐんぐん走る。

いくつもの苦難を乗り越え、ただひとつ、信ずることのために。

ただひとつ信ずること、とは、友に信じられていること、だ。

メロスは唯一の家族である妹に、言う。

決してしてはならないことは、

「人を疑うこと、そして嘘をつくこと」。

死が目前に迫ろうとも、メロスは走る。

自分は信じられている。

その友が待っている。

ただその一点の真実のために。

友もまた、メロスを信じて待つ。死刑場での磔《はりつけ》を目前にしながら。

途中、メロスは一度だけ、くじけかける。

――これほど自分は頑張ったのだから、友も許すだろう――と。

しかし思い直し、再び走り、走り抜いた。

自分の心の弱さに、打ち克つのだった。

二人の友情、信じ合う力が、誰も信じることができず孤独に陥《おちい》っていた暴君・ディオニス王の心を、捉え、彼を変える。

人はめったに変わることはできない。

しかしメロスと友が、彼を変える。

愛と正義が、世界を変える。

そこに至るまでの凄《すさ》まじい疾走は、生きることそのもの。

その疾走を、本書で読み聴いた体験、この昂揚《こうよう》感は、必ずや読者の皆様の宝物になると確信している。

「走れメロス」で緊迫感溢れる、毅然とした朗読を聞かせてくれた読み手・市原悦子氏の、持ち味が十二分に発揮された極上の短編を、併せて収録した。
「待つ」は朗読時間八分を切る掌編《しょうへん》だが、ひたひたと迫りくる〝何か〟が、聴く者に忘れ難い傷を残す、市原の女優魂が打ちこまれた、名朗読となった。

「いったい私は、毎日ここに坐って、誰を待っているのでしょう。どんな人を？　いいえ、私の待っているものは、人間でないかも知れない。私は、人間をきらいです」

外に出てみたところでどこにも行くところがない〝私〟が、待つものとは？

「あなたは、いつか私を見掛ける」

その唐突なような、完璧な美しい最後の一文に向かって、モノローグは空気を張り詰めさせたまま進み、聴く者を追い詰めてゆく。

本書に収録された二作はいずれも、自虐と自暴自棄の自殺未遂を繰り返してきた太宰が、三十歳をこえて、結婚をし、初めて生活の安定を得た頃に書かれた。戦時下であった。

有事のさなかにも、書き続けられた。

終戦を迎えて、太宰が郷里の新聞に連載を始めた「パンドラの匣《はこ》」の一節をお借りする。

「人間には絶望という事はあり得ない。人間は、しばしば希望にあざむかれるが、しかし、また〝絶望〟という観念にも同様にあざむかれる事がある。正直に言う事にしよう。人間は不幸のどん底につき落され、ころげ廻りながらも、いつかしら一縷《いちる》の希望の糸を手さぐりで探しあてているものだ」

山口ミルコ（やまぐち　みるこ）文筆業。

太宰治　生涯と作品

小説家。一九〇九年（明治四二年）六月一九日、青森県北津軽郡金木村の大地主の六男として生まれた。自宅は没後旅館（現在は太宰治記念館斜陽館）として使われたほどの大邸宅であった。富豪の家に生まれたことはその後周囲からの孤立を生み、その出自にたいする引け目からのちに左翼運動に走るきっかけともなった。当時の事情は「人間失格」「津軽」など自伝的作品に表れている。旧制青森中学校在学中から小説を書きはじめる。

一九二七年（昭和二年）、旧制弘前高等学校入学。芸妓の小山初代と出会う。尊敬していた芥川龍之介の自殺に衝撃を受ける。

一九二八年（昭和三年）、同人誌「細胞文芸」を創刊、「無間奈落」を発表。井伏鱒二を師事する。井伏鱒二との交流は終生続き、「富嶽百景」など太宰の作品中にも多く登場する。

一九二九年（昭和四年）、左翼運動に傾倒しプロレタリア作品を書くが、一二月、常用していた薬カルモチンで自殺未遂。

一九三〇年（昭和五年）、弘前高等学校を卒業。東京帝国大学文学部仏文科に入学。その後留年を重ね除籍処分。カフェの女給の田部シメ子と出会い、鎌倉で入水自殺、シメ子だけ死亡。

一九三一年（昭和六年）、小山初代と同居生活を始める。

一九三二年（昭和七年）、青森警察に出頭。共産党との絶縁を誓約。初代とともに静岡県に滞在。九月、東京の借家に移り「思ひ出」を執筆。

一九三三年（昭和八年）、太宰治の名で、短編「列車」を「サンデー東奥」に発表。同人誌「海豹」に「魚服記」「思ひ出」を発表。

一九三四年（昭和九年）、檀一雄の同人雑誌「鷭《ばん》」に「葉」を発表。同人雑誌「青い花」を創刊し、「ロマネスク」を発表。

一九三五年（昭和一〇年）、二六歳、都新聞社の入社試験に失敗、自殺未遂。急性盲腸炎から腹膜炎を併発、治療で使用した鎮痛薬パビナールの中毒となる。「逆行」を雑誌「文藝」に、「道化の華」を「日本浪曼派」に発表。第一回芥川賞候補、落選。

一九三六年（昭和一一年）、処女創作集『晩年』を刊行。パビナール中毒と結核の療養のため谷川温泉に滞在後、武蔵野病院に入院させられる。この経緯はのちの「人間失格」に詳しい。初代の姦通を知る。

一九三七年（昭和一二年）、小山初代と心中未遂。のちに「人間失格」の基となる「HUMAN LOST」を「新潮」に発表し、『虚構の彷徨 ダス・ゲマイネ』『二十世紀旗手』を刊行。

一九三八年（昭和一三年）、「姥捨」を「新潮」に発表。井伏鱒二の招きで山梨県御坂峠の天下茶屋に二ヵ月滞在。この時のことは「富嶽百景」などに描写されている。井伏の仲人で甲府市出身の石原美知子と見合い、婚約。

一九三九年（昭和一四年）、三〇歳、井伏宅で結婚式をあげ、甲府市に新居を構えた。結婚し精神的にも安定し、太宰の生涯には珍しく人生を肯定的にとらえた時期で、「富嶽百景」「女生徒」など発表、「中期」と呼ばれ人気が高い。短編集『女生徒』を刊行。東京の三鷹に転居。

一九四〇年（昭和一五年）、作品集『皮膚と心』。「走れメロス」「女の決闘」「駈込み訴へ」を発表。群馬の四万温泉、伊豆などへ旅する。

一九四一年（昭和一六年）、「東京八景」を「文學界」に発表。長女・園子誕生。『新ハムレット』刊行。八月、一〇年ぶりに津軽に帰る。一二月、太平洋戦争勃発。

本書の「待つ」の収録された作品集『女性』、長編「正義と微笑」(一九四二年)、歴史に材をとった「右大臣実朝」(一九四三年)を発表、『津軽』(一九四四年)を刊行。

一九四五年(昭和二〇年)、甲府の疎開先が空襲を受け全焼、一家で津軽へ疎開。八月一五日終戦。『惜別』、『お伽草紙』。「パンドラの匣」を連載(河北新報)。

一九四六年(昭和二一年)、戯曲「冬の花火」。三鷹に戻る。坂口安吾、織田作之助らと交友、のちに「無頼派作家」と呼ばれる。

一九四七年(昭和二二年)、『ヴィヨンの妻』刊行。交際していた太田静子に子どもが生まれる。『斜陽』を年末に刊行。

一九四八年(昭和二三年)、三九歳、「新潮」に「如是我聞」を連載開始、「人間失格」「桜桃」などを書きあげる。六月一三日、玉川上水で愛人・山崎富栄と入水自殺。死体が発見されたのは同一九日。

命日は短編「桜桃」にちなみ、「桜桃忌《おうとうき》」と名付けられ、墓のある東京都三鷹市の禅林寺には多くのファンが訪れる。連載中の小説「グッド・バイ」が未完の遺作となった。

参考文献

『新潮日本文学アルバム　太宰治』解説・相馬正一（新潮社）／『作家の随想10　太宰治』鳥居邦朗編（日本図書センター刊）／『人と作品１　太宰治』福田清人、板垣信 編（清水書院）／新潮文庫版『新ハムレット』（解説・奥野健男）／『現代日本文学館36　太宰治』評伝・臼井吉見・年譜・瀬沼茂樹（文藝春秋）

音源
本書付属ＣＤは以下のＣＤ音源より本書のために再編集したものです。
「名作を聴く　太宰治」KICG―5065
キングレコード発行

＊朗読者により、作品の解釈によって表現に演出が含まれている場合がありますが、
いずれもすでに発行されている上記録音物の録音・発行時のものです。

CD制作　キングレコード株式会社
竹中善郎
遠藤潤
浅野幸治
林　督
大槻淳
企画　山口ミルコ
編集　東京書籍株式会社（小島岳彦）
DTP　川端俊弘

朗読《ろうどく》CD付《つ》き名作文学《めいさくぶんがく》シリーズ　朗読《ろうどく》の時間《じかん》

太宰治《だざいおさむ》

平成二十三年八月一日　第一刷発行

著　者　太宰治《だざいおさむ》
朗　読　市原悦子
発行者　川畑慈範
発行所　東京書籍株式会社
〒一一四―八五二四
東京都北区堀船二―一七―一
電話〇三（五三九〇）七五三一（営業）
〇三（五三九〇）七五〇七（編集）
印刷・製本　図書印刷株式会社
ISBN978-4-487-80592-1 C0095
http://www.tokyo-shoseki.co.jp